Regenbogenwolken

Bibliografische Information der Deutschen National-bibliothek: Die Deutsche Nationalbibliothek verzeichnet diese Publikation in der Deutschen Nationalbibliografie; detaillierte bibliografische Daten sind im Internet über http://dnb.dnb.de abrufbar.

Text: Alice Gabathuler
Cover: BoD
Foto: Theres Schlienger
Label: Cargo 44

2013 erstmals erschienen in der Anthologie
Mord in Switzerland.

Herstellung und Verlag:
BoD – Books on Demand, Norderstedt
ISBN 978-3-749-43231-8

Ihr Vater hatte ihr von gelben Postautos erzählt, von grantigen Fahrern mit zerfurchten Gesichtern, unzimperlich in der Wortwahl, harsch im Umgang. Sie fuhren nicht nach Geschwindigkeitslimiten, sondern nach Gefühl, wie sie sich auch sonst auf ihr Gefühl, ihren gesunden Menschenverstand und sich selbst verließen. Von *denen da oben* hatte ihnen auf jeden Fall keiner etwas zu sagen. Man hatte seinen Stolz, seinen sturen Grind und den Föhn, bei ihnen im Rheintal.

Das Postauto, in das Pippa an diesem heißen Sommertag steigt, ist nicht gelb, und es ist auch nicht wirklich ein Postauto, sondern ein blau-weißer Linienbus. Der Fahrer jedoch ist genauso wortkarg wie in den Schilderungen ihres Vaters, aber die wenigen Satzfetzen, die er von sich gibt, deuten auf eine österreichische Herkunft hin. Und die Frauenstimme, die die Haltestellen ab Band ankündigt, klingt so unbeteiligt und neutral wie überall in der Schweiz. Statt eines Billetts mit dem Namen einer Haltestation gibt es eins mit Zonen. Ob das schon vor dreizehn Jahren so gewesen war, damals, als ihr Vater seine alte Heimat besucht hatte?

Pippa hat es nie erfahren, denn ihr Vater ist nicht zurückgekommen. Sie hat gewartet. Tag für Tag, Woche um Woche, Monat um Monat, Jahr um Jahr. In ihrer kindlichen Pantasie sah sie ihn am Fenster eines gelben Postautos, wie er zu ihr hinausschaute und ihr winkte. Ein wenig traurig, als wüsste er, dass es ein Abschied für immer war.

Pippas Mutter hat ihr nie erklärt, warum ihr Vater weggeblieben ist, aber sie las ihr jeden Monat aus seinen Briefen vor, die er aus den verschiedensten Ecken der Welt schickte. Darin schilderte er die Orte in den buntesten Farben – nur ein Ort blieb schwarz. Der, in dem die Antwort wohnte, warum jemand, der ihr versprochen hatte, die Sterne vom Himmel zu holen, die Ecken dieser Welt seinem Stern zu Hause vorzog.

Als Pippa in die Oberstufe kam, kappte ihr Vater die Verbindung ganz. *Du bist jetzt alt genug, dir die Sterne selber vom Himmel zu holen*, schrieb er. An jenem Tag schloss sie ihren Kuschelbär, an dem so viele Erinnerungen hingen, für immer in einer großen Truhe im Estrich weg.

Pippa setzt sich auf einen der hinteren Plätze. Ihr scheint, der Bus rase etwas zu schnell durch die Dörfer, fast wie in den Erzählungen ihres Vaters. An den Haltestellen bremst der Fahrer so hart ab, dass sie auf dem Sitz nach vorne rutscht. Bei der Post steigen zwei ältere Frauen ein. Während die eine die Billette bezahlt, mustert die andere Pippa unverhohlen. Die beiden haben noch nicht Platz genommen, als der Bus mit einem heftigen Ruck anfährt.

»Typisch«, zischt die eine laut.

Mit verkniffenen Gesichtern hangeln sie sich an Sitzlehnen und Haltestangen entlang, um schließlich ein paar Reihen vor Pippa Platz zu nehmen. Sofort stecken sie ihre Köpfe zusammen und beginnen zu tuscheln.

In ihrem Gespräch geht es offensichtlich um Pippa, denn die Frauen drehen sich mehrmals zu ihr um.

Sie öffnet ihre Tasche und zieht den iPod heraus. Dabei streift sie mit der Hand den Briefumschlag, der sie hierher gebracht hat, zurück an den Ort, in dem ihr Vater seine Kindheit verbracht hat.

Ich weiß, wo dein Vater ist.

Nur dieser eine Satz stand in dem Brief. Unter den wenigen Worten befand sich keine Unterschrift, sondern eine Mailadresse.

Ein Spinner, hatte sie gedacht, einer, der sich einen Scherz mit ihr erlaubte, einer, der nach all den Jahren zufällig über die Geschichte ihres Vaters gestolpert war und jetzt seine Spiele mit ihr trieb. Niemand wusste, wo ihr Vater war. Die Polizei hatte ihn gesucht. Später, nachdem ihre Mutter den ersten Brief erhalten hatte, wurde die offizielle Suche nach ihm eingestellt. Ihre Großeltern engagierten einen Privatermittler, doch ihr Vater blieb verschwunden. Die Briefe waren sein einziges Lebenszeichen, und irgendwann erklärte jemand Pippas Mutter, dass es eben Menschen gab, die nicht gefunden werden wollten, aus was für Gründen auch immer.

Pippa stopft sich die Stöpsel in die Ohren. Kurz danach liefert Amy MacDonald den Soundtrack zu einer vorüberziehenden Landschaft. *Where you gonna sleep tonight?* Pippa weiß es nicht, aber genau wie im Song ist es nicht wichtig.

Nach drei Tagen, in denen sie den Brief mit sich herumgetragen hatte, schrieb sie dem Spinner. Von einer Mailadresse, die sie nur für ihn eingerichtet hatte, eine, die sie jederzeit wieder löschen konnte.

Was willst du?

Dir sagen, wo dein Vater ist.

Das kannst du mir auch schreiben.

Nein, ich will es dir erklären.

Wer bist du?

Das erkläre ich dir, wenn wir uns sehen.

Es waren kurze, knappe Sätze gewesen, in denen weder der andere noch sie etwas von sich preisgegeben hatten. Sie nahm an, dass es ein Mann war. Frauen kommunizieren anders, dachte sie. Oder gar nicht mehr. So wie ihre Mutter. Sie weigerte sich, über ihren Mann zu sprechen, der sie zurückgelassen hatte. »Mit einem kleinen Kind, einfach so. Wie diese Typen, die schnell mal Zigaretten holen gehen und dann nicht mehr zurückkommen.«

Pippas Vater war keine Zigaretten holen gegangen. Er hatte ein Klassentreffen besucht, ein Stück über Oberschan, dem Ort, zu dem Pippa jetzt unterwegs ist.

»Ist Mama auch von dort, wo du herkommst?«, hatte Pippa ihn gefragt.

»Nein, Mama habe ich in der Stadt kennengelernt.«

»Hast du sie nie mitgenommen?«

Es war, als schöbe sich eine dunkle Wolke vor sein Gesicht, als er ihr antwortete: »Ins Wartau? Doch. Einmal.« Er zögerte. »Ich glaube, es hat ihr nicht gefallen.«

Pippa dachte, dass es ihr vielleicht auch nicht gefallen hätte bei diesen seltsamen Postautofahrern.

Am nächsten Tag wollte sie es genau wissen und fragte ihre Mutter. Und dann passierte etwas Seltsames. Auch vor das Gesicht ihrer Mutter schob sich eine Wolke, eine richtig dunkle, aber über den Augen lag ein Regenbogen. Ein trauriger Regenbogen.

Heute sieht Pippa keine Wolken oder Regenbogen mehr. Nur Gesichtsausdrücke.

Als auf dem Bildschirm die Haltestelle, die ihr der Fremde in seiner letzten Mail angegeben hat, ganz nach oben rückt, drückt Pippa auf den Halteknopf. Kurz danach legt der Fahrer eine Vollbremsung hin. Die Türen öffnen sich. Das ist die letzte Chance, die Vergangenheit ruhen zu lassen. Pippa könnte sitzen bleiben, weiterfahren, die ganze Geschichte vergessen.

Doch sie steigt aus. Noch nie hat sich fester Boden unter den Füssen so fremd angefühlt wie nach dieser Fahrt ins Ungewisse. Es hilft auch nicht, dass der Föhn, dieser berüchtigte Rheintaler Wind, an ihr zerrt, durch ihre Haare fegt und ihre Kleider aufplustert.

»Den Föhn muss man aushalten können«, hatte ihr Vater gesagt. »Manche Leute bekommen davon Kopfschmerzen, den anderen bringt er die Nerven durcheinander, und wenn er ganz wild wütet, verknoten sie sich an den falschen Enden.«

»Tut das weh?«, hatte sie gefragt.

»Was?«

»Knoten in den Nerven.«

»Nein, aber man tut dann manchmal Dinge, die man nicht tun sollte.«

»Erzähl dem Kind nicht immer solchen Unsinn«, hatte ihre Mutter gesagt, und da war wieder dieser Regenbogen vor ihren Augen gewesen.

Während der Föhn ihre Tasche mitzureißen versucht, erinnert sich Pippa genau an das Gesicht ihrer Mutter, doch in der Erinnerung ist es kein trauriges Gesicht, sondern es liegt eine geheimnisvolle Melancholie darin. Nur, damals, als Kind, kannte Pippa dieses Wort noch nicht. Da war es eine Regenbogenwolke gewesen, hinter der ihre Mutter verschwand.

Pippa greift nach dem verrutschten Träger ihrer Tasche und zieht ihn zurück auf ihre Schulter.

Um zwei bei der Seilbahnstation, hat er geschrieben.

Wie erkenne ich dich?

Du wirst es wissen, wenn du mich siehst.

Pippa hat niemandem erzählt, was sie vorhat. Weil sie weiß, dass alle ihr davon abgeraten hätten. »Viel zu gefährlich, das ist bestimmt ein Perverser, einer, der junge Frauen in eine Falle lockt, geh nicht zu ihm in die Wohnung, du kennst doch die Geschichte von dem Au-pair Mädchen ...«

All das hat sie sich selber gesagt, das brauchte sie nicht auch noch von anderen Leuten zu hören.

Sie glaubt zu spüren, wie der Föhn ihre Nervenenden falsch verknotet. Ihr Vater hat recht gehabt: Das tut nicht weh. Aber es lässt einen Dinge tun, die man besser nicht tun sollte. Und so geht sie weiter, statt umzukehren und nach Hause zu fahren.

Zur Seilbahnstation ist es nicht weit. Es ist auch nicht schwierig, den Fremden zu erkennen, denn er ist der Einzige, der dasteht und auf jemanden zu warten scheint. Er ist jung, in ihrem Alter, vielleicht etwas älter. Er winkt nicht, er gibt ihr kein Zeichen, aber sie fühlt seinen Blick auf sich und sucht den seinen. Er soll nicht denken, dass sie sich vor ihm fürchtet.

Sie kommt ihm näher. Jene Nervenenden, die noch nicht verknotet sind, flattern wie die Fahne vor einem der Häuser, an dem sie vorbeigekommen ist.

Ja, sie erkennt ihn, obwohl sie ihn noch nie gesehen hat. Es sind die Augen. Seine Augen sind ihre Augen. Dasselbe tiefe Blau, dieselben langen, dunklen Wimpern. Pippa versteht das nicht. Ihr Vater war ein Einzelkind, es gibt keine Cousins und Cousinen. Auch von unehelichen Kindern war nie die Rede gewesen. Und wenn ihr Vater nach dem Klassentreffen hier geblieben wäre und eine neue Familie gegründet hätte, dann müsste der Fremde viel jünger sein.

»Ich bin Elias«, stellt er sich vor, und es klingt, als hätte er diesen Satz lange geübt. Vielleicht hat er noch mehr solcher Sätze, aber für den Moment scheint ihm dieser eine zu reichen. Wortlos dreht er sich um und geht zum Eingang der Seilbahnstation.

Es gibt keinen Schalter, an dem man ein Billett kaufen könnte, es ist auch niemand da, der das Einsteigen überwacht. Pippa hat Bilder von der Bahn im Internet gefunden, eine kleine rote Gondel mit weißem Schriftzug. In Wirklichkeit ist sie noch kleiner, als sie auf den Bildern wirkt.

Sogar hier drin, in diesem kühlen Betonbau, lässt der Föhn die Gondel leicht hin und her schwingen.

»Ich möchte da nicht einsteigen«, sagt Pippa.

»Dein Vater ist damit hochgefahren. Ich dachte, du willst wissen, wo er ist.«

Was hat denn das eine mit dem anderen zu tun, denkt sie. Bestimmt wartet er nicht oben in der Bergstation auf sie, das ist nur in der Traumwelt kleiner Mädchen möglich, und ihre Traumwelt liegt zusammen mit ihrem Kuschelbär in einer Truhe im Estrich.

»Du kannst es mir auch hier sagen.«

»Nein.«

»Ich fahre nicht mit.«

»Dein Entscheid.«

Sie ist nicht sicher, ob in seinem Tonfall Erleichterung oder Enttäuschung liegt.

»Du hast keine Ahnung, wo er ist.« Ihre Stimme zittert.

Er schaut sie aus diesen irritierend vertrauten Augen an. »Wir sind zusammen hochgefahren, er und ich. Er hat mir von dir erzählt.«

»Du lügst«, sagt sie unsicher.

»Dein Bär, ohne den du nicht schlafen konntest, hieß einfach nur Bär.«

Bär.

Weich war er gewesen, und vom vielen Waschen waren seine Augen stumpf geworden. Nachdem Vater weg war, durfte ihn ihre Mutter nicht mehr waschen, weil Bär nach Vater roch. Ganz lange noch, aber nicht mehr, als er für immer in der Truhe verschwand.

»Du konntest den Schnee riechen, bevor er fiel, und von allen Lollies mochtest du die mit Erdbeergeschmack am liebsten.«

Elias geht zur Gondel und drückt einen Knopf. Die Tür öffnet sich, er tritt einen Schritt zur Seite.

Es ist eine Einladung, die Pippa annehmen oder ablehnen kann.

Einen Augenblick lang riecht sie Schnee und den künstlichen Geruch der Erdbeerlollies. Die Hand ihres Vaters legt sich auf ihre Schulter. Sie fährt herum, aber es war nur der Wind, der sich an sie gedrückt hat. Trotzdem glaubt sie, ihren Vater zu spüren. *Such nach mir*, scheint er ihr zu sagen.

Als Pippa an Elias vorbei in die Gondel geht, berühren sich ihre Körper. Hitze schießt durch Pippa hindurch, unmittelbar gefolgt von einer eisigen Kälte.

In der Gondel ist nichts mehr fest, alles schwankt. Schnell lässt sich Pippa auf die Sitzbank fallen, die mit dem Ausblick nach vorn. Nicht zurückschauen, beschwört sie sich, du hast dich entschieden.

»Wir haben Glück«, sagt Elias. »Wäre der Wind ein bisschen stärker, würde der Betrieb eingestellt.«

Er drückt auf einen grün leuchtenden Knopf. Die Tür schließt sich, aber die Gondel fährt nicht los. »Es dauert eine Weile, bis sie sich in Bewegung setzt«, erklärt Elias. »Manchmal denken ahnungslose Touristen, sie hätten etwas falsch gemacht, und drücken nochmals auf den Knopf.« Ein Lächeln schleicht sich in sein Gesicht. »Dann fährt sie los, nur um ein paar Meter weiter oben stillzustehen. Dort hängt man dann ziemlich lange, bis alles wieder in Ordnung ist.«

Vielleicht sollte ich doch besser aussteigen, denkt Pippa doch in diesem Moment fährt die Bahn an.

»Bei normalem Wetter geht es zwölf bis fünfzehn Minuten«, hört sie Elias sagen. »Bei Föhn kann es schon mal eine halbe Stunde sein. Und es schaukelt ziemlich heftig.« Er legt eine kleine Pause ein, in der er sie fast ein wenig amüsiert beobachtet. »Aber dein Vater hat gesagt, dass du mutig bist und dass dir das gefallen würde.«

Es gefällt Pippa nicht, doch es ist zu spät, die Dinge zu ändern, und sie will sich vor Elias keine Blöße geben. Also sitzt sie da und wartet, was er ihr zu sagen hat. Sie wartet vergeblich. Er schweigt. Es gibt nur das Rauschen und Pfeifen um sie herum und das wilde Klopfen ihres Herzens, von dem sie hofft, dass nur sie es hören kann.

Der Föhn hat seinen Spaß mit der Gondel, die wankend wie ein betrunkener Matrose dem Himmel entgegenfährt. Unaufhaltsam steuern sie auf den ersten Mast zu. Kleine Rollen, über die das Seil führt. Viel zu klein. Die Aufhängung der Gondel wird nicht halten, nicht bei diesem Wind, sie wird ausklinken, und die rote Blechbüchse wird in die Tiefe fallen. Pippa schließt die Augen, hört ein ratterndes Geräusch, als die Bahn den Mast passiert, dann schwingt die Gondel heftig vor und zurück. Der Magen hängt flau irgendwo an einer falschen Stelle in ihrem Körperinnern, Nervenenden treffen funkend aufeinander. Aber die Gondel hängt fest am Seil, und das Seil liegt straff über den Rollen.

Sie sind immer noch Spielball der Flugkräfte, als Elias endlich weiterredet. »Alle waren schon oben bei uns, nur dein Vater kam später. Meine Eltern wussten, wie gerne ich mit der Seilbahn fahre, und schickten mich ihm entgegen. Ich habe auf ihn gewartet. Dort, wo ich vorhin auf dich gewartet habe. Es war fast wie heute. Heiß und Föhnwetter. Dein Vater kam mit dem Bus, wie du. Er sah mich und blieb stehen, als hätte ihn der Blitz getroffen. Er schaute mich an, wie du mich angeschaut hast. Es war, als ob sich eine Wolke vor sein Gesicht schieben würde.«

Bär. Schnee. Lollies. Und jetzt die Wolke. Pippa springt auf, was die Gondel weiter ins Wanken bringt. »Hör auf!«, ruft sie. »Mit wem hast du gesprochen? Wer hat dir all die Dinge über mich verraten?«

»Dein Vater«, antwortet Elias verwirrt. »Das habe ich dir doch gerade gesagt.«

»Hat er dir auch das mit der Wolke erzählt?« Ihre Augen suchen die Lüge in den seinen, aber sie finden keine.

»Welche Wolke?«, fragt er.

Eine Böe erfasst die Gondel. Sie tanzt viel zu hoch über einer grünen Wiese. Pippa drückt ihre Tasche fest an sich, wie sie damals Bär an sich gedrückt hat.

»Ich habe das so gesehen, als Kind«, sagt Elias unsicher. »Wolken vor Gesichtern, wenn jemand traurig war. Das ist vielleicht seltsam und kindisch, aber so war es.«

Pippa sitzt mitten in einem Sturm, im Zentrum, dort, wo nichts mehr schaukelt, keine Nervenenden mehr aufeinander treffen, wo es völlig still ist. Dort, wo das große Geheimnis liegt, der Kern, der sich nur zeigt, wenn man die Sturmhülle durchbrochen hat.

Pippa hat sie durchbrochen. Mit absoluter Gewissheit weiß sie, dass Elias nichts von ihren Wolken gewusst hat. Weil er seine eigenen hatte.

Zwei Kinder.

Die gleichen Wolken.

Die gleichen Augen.

»Woher das Kind bloß diese Augen hat!«, hört Pippa eine Stimme aus der Vergangenheit.

»Du bist mein Bruder«, flüstert sie.

Einen Augenblick lang ist es ganz still. Dann setzt das Schaukeln wieder ein. Pippas Magen fällt an seinen Ursprungsort zurück. Sie verlassen den Kern des Sturms und rasen wieder in die tobende Hülle. Wie breit sie wohl ist? Zu breit, um jemals wieder hinauszukommen? Pippa schließt die Augen und sieht Regenbogenwolken.

Nach einer endlos langen Zeit fahren sie in die Bergstation ein. Als Pippa aussteigt, ist nichts mehr, wie es einmal war. Der feste Boden unter den Füssen hat plötzlich etwas furchteinflößend Starres an sich. Das Gehen fällt Pippa schwer. Nur am Rande bekommt sie mit, wie Elias Münzen in einen Ticketautomaten wirft, wie der Automat Jetons ausspuckt, wie Elias ihr erklärt, dass sie damit durch die Drehtür gehen kann. Erst als er ihr einen der Jetons in die Hand drückt und seine Finger ihre Haut berühren, wird sie in die Realität geschleudert. Der Aufprall ist hart und schmerzhaft. Pippa wankt. Elias hält sie fest und lässt sie erst los, als sie ihm sagt, es gehe schon wieder, sie käme klar, alles in Ordnung, aber in ihr drin schreit eine Stimme, dass nichts in Ordnung ist.

Sie verlassen die Station und folgen eine Weile der Bergstraße. An einer Gabelung biegt Elias in einen Waldpfad ein. »Keine Angst«, sagt er, »ich tu dir nichts«, und wie bei der Begrüßung klingt der Satz, als hätte er ihn unzählige Male geübt. Pippa glaubt ihm. Er wird ihr nichts tun. Elias ist nicht ihr Feind. Ihr Feind ist die Angst davor, was er ihr anvertrauen wird.

Der Pfad ist zu schmal, um nebeneinander zu gehen. Elias lässt Pippa vor und geht hinter ihr her, während er ihr seine Geschichte zu Ende erzählt. »Dein Vater war sehr nett zu mir. Er erzählte mir von dir. Ich fragte, ob er dich beim nächsten Mal mitbringen würde. Da wurde er eine Weile ganz still und sagte dann, dass das wohl nicht gehe. Ich zeigte ihm den Weg zu Papas Hütte. Die Feier war schon voll im Gang, und ich freute mich auf eine Grillwurst, so sehr, dass ich nicht mitbekam, wie die Begrüßung zwischen meinem und deinem Vater ausfiel. Beide ließen sich nichts anmerken, aber nach einer Weile verschwanden sie nach draußen. Ich schlich ihnen hinterher. Sie verzogen sich hinter den Heuschober, wo dein Vater direkt zur Sache kam. Er unterstellte meinem Vater, mit deiner Mutter gev... geschlafen zu haben.«

Es wird still hinter Pippa. Hohes Gras kitzelt ihre Beine, kleine Äste, die in den Pfad ragen, verfangen sich in ihren Haaren. Sie geht ein bisschen schneller, als könne sie vor dem, was jetzt folgt, davonlaufen.

»Mein Vater stritt es zuerst ab«, fährt Elias stockend fort. »Bis dein Vater ihm die Sache mit deinen Augen erzählte, von denen er jetzt mit Sicherheit wusste, woher du die hast. Dann tat mein Vater etwas Schreckliches. Er lachte. So richtig fies. Sagte deinem Vater, er solle besser auf seine Frau aufpassen. Es ihr richtig besorgen, dann brauche sie keinen anderen.«

Elias verstummt. Diesmal bleibt Pippa stehen. »Deshalb ist er nicht zu uns zurückgekommen«, sagt sie, ohne sich zu Elias umzudrehen. Sie will nicht, dass er ihre Gefühle

von ihrem Gesicht ablesen kann. Gewitterwolken. Düstere, dunkle Gewitterwolken.
Ohne Regenbogen. »Er wollte uns nicht
mehr sehen. Meine Mutter nicht, weil sie ihn
betrogen hatte, und mich nicht, weil er in
meinen Augen immer nur den anderen Mann
gesehen hätte.«

Aber ich war seine Tochter!, schreit es in
ihr. Für mich war er mein Vater. Man
streicht nicht einfach sechs Jahre aus seinem
Leben und tut, als hätte es sie nie gegeben.
Man lässt sein Kind nicht zurück. Vernünf-
tige Menschen reichen die Scheidung ein, re-
geln das Besuchsrecht und kommen irgendwann, wenn die Wunden verheilt sind, wieder miteinander klar.

In Pippa explodiert die Wut. Die Schreie
drängen aus ihr hinaus, sie rennt los, ihre
Füße fliegen über den weichen Waldboden.
Vor ihren Augen treiben Regenbogenwolken.

Ihr Vater muss die Wolken in Mutters Gesicht auch gesehen haben. Diese Sehnsucht
nach etwas, das man nicht haben kann. Das
muss die Hölle für ihn gewesen sein. Genug,

um für immer wegzugehen. Keuchend bleibt Pippa stehen. Ihr Puls rast, auf ihrer Haut liegt ein feuchter Film. Sie wartet auf Elias, der sich ihr zögernd nähert.

»Wo ist er hingegangen?«, fragt sie.

»Nirgendwohin«, antwortet Elias so leise, dass sie glaubt, sie hätte ihn vielleicht falsch verstanden.

»Nirgendwohin?«, fragt sie. »Wie ... Was ... Du meinst, er ist noch hier? Aber ... Wie ...?«

»Dein Vater hat sich auf meinen Vater gestürzt. Sie haben gekämpft. Ganz kurz. Zwei, drei Schläge, mehr nicht. Dein Vater ging zu Boden und stand nicht mehr auf. Mein Vater machte einen Scherz, sagte etwas von Schwamm drüber, längst gegessen, aber dein Vater blieb liegen.«

Es ist die Art, wie Elias es erzählt. Pippa weiß, was jetzt kommt. Sie hat es in Filmen so gesehen, hat es in Büchern so gelesen. Aber das waren Geschichten. Erfundene Geschichten. Im richtigen Leben passiert so etwas nicht. Es passierte nicht ihrem Vater.

»Er hat uns Briefe geschrieben«, flüstert sie. »Jeden Monat einen. Meine Mutter hat mir alle vorgelesen.«

»Die waren von meinem Vater.« In Elias' Augen stehen Tränen. »Er übte stundenlang, bis er die Schrift deines Vaters täuschend echt kopieren konnte. Mit dem ersten Brief fuhr er nach Italien, später fand er andere Wege, sie euch aus aller Welt zukommen zu lassen.«

Nein, das darf nicht sein. Das kann einfach nicht sein! Verzweifelt sucht Pippa nach einer anderen Erklärung.

»Vielleicht ... Vielleicht hat dein Vater nur geglaubt, dass mein Vater tot ist. Er hat ihn liegenlassen und irgendwann ist mein Vater zu sich gekommen. Er ist abgehauen und ...«

»Nein«, unterbricht Elias sie. »Dein Vater ist tot.«

»Woher willst du das wissen?«, schreit sie ihn an. »Du warst ein Junge. Du hast nur gesehen, wie zwei Männer sich geprügelt haben und einer liegenblieb. Das ist alles.« Sie hämmert ihre Fäuste gegen seine Brust. »Alles. Alles. Alles.«

Elias weicht zurück. »Es tut mir leid«, stammelt er. »Ich hätte dir nicht schreiben sollen. Es war ein Fehler.«

»Du bist krank«, entfährt es Pippa. »Du bist so was von krank. Weiß dein Vater, was für eine Show du hier gerade abziehst?«

»Es tut mir so leid.« Elias macht einen Schritt auf sie zu.

»Weiß er es?« Pippa spuckt ihm die Frage ins Gesicht. »Weiß er, dass sein Sohn ihn gerade zum Mörder gemacht hat?«

»Hör auf!«, fleht Elias. »Geh nach Hause und vergiss diesen ganzen Mist.«

»Einfach so, ja? Ich spaziere ins Wohnzimmer und rufe: Hey Mam, bin wieder da. Hab übrigens heute meinen Bruder kennengelernt. Du weißt schon, den Sohn von deinem Liebhaber. Ach ja, bevor ich es vergesse, dein Mann ist seit dreizehn Jahren tot, und seine Briefe kamen aus dem Regenbogenland.«

»Bitte!« Elias streckt seinen Arm nach ihr aus. »Das ist nicht lustig.«

Pippa packt den Arm und zieht Elias dicht an sich heran, so dicht, dass ihre Körper sich beinahe berühren. »Nein, das ist nicht lustig. Warum tust du mir das an? Warum sagst du mir, du weißt, wo er ist, und tust mir dann all das an?«

»Es ist nicht mehr wichtig.«

»Für mich schon.«

Sie hört, wie sein schneller, stoßender Atem sich verlangsamt und dann ruhig wird. Elias ist jetzt dort, wo sie vorher in der Gondel war. Im Kern des Sturms. Sie kann es fühlen.

»Dein Vater ist bei meinem.«

Bevor Pippa ihn fragen kann, was er damit meint, befreit er sich von ihr und rennt von ihr weg. Sie folgt ihm, auch als er den Pfad verlässt und im Wald verschwindet, stolpert über Wurzeln und Steine, rutscht auf Moos aus und rappelt sich wieder hoch. Selbst als sie glaubt, nicht mehr zu können, rennt sie weiter.

Auf einer kleinen Lichtung verlangsamt Elias sein Tempo. Sie sieht, wie er zu einem uralten Baum hingeht und sich mit beiden Händen daran abstützt.

»Alles. Alles. Alles«, bricht es aus ihm heraus, als sie zu ihm aufgeholt hat. »Oh, nein! Alles war nicht alles. Für mich fing es erst an. Ich hatte eine ungeheure Angst vor der Polizei, die kommen und meinen Vater verhaften würde. Doch es kam niemand. Ich schlich mich in den Schober und suchte nach deinem Vater. Er war verschwunden. Alles war gut, dachte ich. Er war nicht tot. Er war nach Hause gegangen. Es war aber nicht gut.« Elias wischt sich über die Augen. Sein Kinn zittert. »Mein Vater veränderte sich. Er zog sich tagelang in sein Arbeitszimmer zurück, vernachlässigte die Arbeit, redete kaum mehr mit meiner Mutter. Dann war dein Vater in den Nachrichten und mein Vater fuhr nach Italien. Als er zurückkam, war er ein Fremder. Wir verloren den Hof. Meine Mutter hielt es irgendwann nicht mehr aus. Sie verließ ihn. Mich nahm sie mit. Mein Vater hat sich nie mehr bei uns gemeldet. Vor ein paar Wochen ist er gestorben. Hat sich umgebracht. Er hinterließ mir einen dicken Briefumschlag. Stand eine Menge drin. Auch sein letzter Wunsch. Er wollte neben deinem

Vater begraben werden. Ich habe ihm seinen Wunsch erfüllt.«

Immer wieder hat Elias abgebrochen, nach Worten gesucht. Jetzt, am Ende seiner Geschichte, löst er erschöpft seine Hände vom Baum und Pippa entdeckt zwei eingeritzte Buchstaben.

Ein frisches S.

Ein altes, kaum mehr erkennbares R.

R für René.

Pippas Vater, der nicht ihr Vater gewesen ist.

»Wie hieß er?«, fragt sie.

»Stefan.«

Elias zieht einen zusammengefalteten, zerknitterten Briefumschlag aus seiner Hosentasche. »Für dich. Von ihm. Ich habe ihn nicht geöffnet.«

Ihre Hände berühren sich. Pippa greift nicht nach dem Umschlag, sondern nach der Hand. Der Umschlag fällt zu Boden. Die Hände greifen ineinander und halten einander fest.

Alice Gabathuler schreibt Geschichten. Meistens werden daraus Bücher, manchmal auch Hörgeschichten fürs Radio. Sie liebt es, Figuren zu erfinden, in ihre Welt einzutauchen und für eine Weile ihr Leben zu leben. Ihre Bücher und Hörspiele wurden mehrfach ausgezeichnet, unter anderem mit dem Hansjörg-Martin-Preis für *#no_way_out* als bester deutschsprachiger Jugendkrimi 2014.

Regenbogenwolken ist erstmals 2013 in der Anthologie *Mord in Switzerland* erschienen, herausgegeben von Mitra Devi und Petra Ivanov, verlegt vom Appenzeller Verlag.

Das Foto auf dem Cover stammt von Theres Schlienger. Herzlichen Dank dafür, Theres!